IAN BECK

SOLO
en el
BOSQUE

Editorial Juventud

Para Lily

Los ositos viven tranquilos y felices,
¿a que sí?

Título de la edición original: ALONE IN THE WOODS
Edición original publicada por:
Scholastics Ttd, Londres, 2000
© Ilustraciones y textos: Ian Beck
© EDITORIAL JUVENTUD, S. A. 2001
Provença, 101 - 08029 Barcelona
E-mail: editorialjuventud@retemail.es
www.editorialjuventud.es
Traducción: Christiane Reyes
Primera edición: 2001
ISBN: 84-261-3185-9
Depósito legal: B.10.042-2001
Núm. de edición de E. J.: 9.903
Impreso en España - Printed in Spain
Limpergraf, c/. Mogoda, 29-31 08210 Barberà del Vallès

Era un maravilloso día de primavera.
«Podríamos ir a merendar afuera y hacer volar mis cometas
–dijo Lily–. Vamos a decírselo a mamá.»

Lily preguntó a su mamá si podían llevarse a Osito.
«Claro que sí», le respondió.
Prepararon la merienda y las cometas, y se marcharon.

En la mitad de la cuesta, Lily preguntó:
«¿Falta mucho para llegar?»
«Estamos cerca –contestó mamá–. Pronto llegaremos.»

Por fin alcanzaron la cima de la Colina Ventosa.

Buscaron un buen sitio.

Extendieron el mantel para la merienda.
Lily sentó a Osito debajo de un árbol.

«Pobre Osito –dijo Lily–, no hay nada para ti. Pero tú
no necesitas comer, ¿verdad?»

«Vamos a hacer volar las cometas. ¿Por cuál empezamos?»,
dijo mamá, después de la merienda.
Lily escogió la cometa amarilla.

Mamá y Lily se fueron y dejaron a Osito solo para
vigilar las cosas.

De repente sopló una ráfaga de viento, e hizo subir
la cometa roja. La cometa se levantó y, ¡cielos, arrastró
a Osito!

Osito fue dando tumbos por la hierba.

Empezó a subir por encima de unas zarzas y se libró de caer en una boñiga de vaca por los pelos.

Como la cometa subía cada vez más alto, Osito
fue arrastrado por encima de un seto.

Se agarró a la cuerda de la cometa con todas sus fuerzas,
porque estaba...

¡volando! Muy alto, más alto que las nubes.

Volaba tan alto como el avión.
«¡Hola!», saludó Osito con la mano.

Iba subiendo y subiendo, cada vez más alto.
¡Qué bien se lo estaba pasando!

Y entonces, de repente, amainó el viento y la cometa
empezó a caerse entre las nubes.

Osito cayó con la cometa, cada vez más deprisa,
cada vez más abajo, dentro del bosque hasta que...

¡chop!, aterrizó sobre algo verde y pegajoso.
Oyó unas voces susurrando por el bosque.

Cuando alzó la vista, Osito vio unos ojos brillantes
mirándole. Se asustó. Osito estaba solo en el bosque.

Luego, lentamente, por entre las sombras empezaron
a salir, primero uno, luego dos, tres, cuatro, y luego
más, y más, y más ositos.

«Te has caído justo encima de la mermelada –dijeron–.
Pero no importa; venga, no tengas vergüenza,
esto es una fiesta, es...

... una merienda de ositos.»
Comieron pastelitos de mermelada y de miel y bebieron
limonada, y después todos hicieron una siesta.

Cuando Osito despertó, se estaba haciendo tarde.
«¿Cómo podré volver?», dijo. «No te preocupes
–contestaron los ositos–. Nosotros te ayudaremos.»

Y así lo hicieron. Les costó un poco hacer subir a Osito
por los aires, con todos los pastelitos que se había comido.

Pero después de un fuerte empujón, el viento lo alzó
por encima de los árboles, de las colinas, muy lejos,
de camino de vuelta, hasta que ...

aterrizó lentamente, con un suave golpecito,
justo en el sitio donde la cometa se lo había llevado…

«¡Qué Osito más bueno! —exclamó Lily cuando regresó con su mamá—. Te perdiste lo más divertido. Pero no importa. Ven, es hora de irnos a casa.»

Buenas noches, Lily. Dos besitos.
Buenas noches, Osito. Felices sueños.
Pero nosotros sabemos lo que ha pasado, ¿a que sí?